流れゆく日々

岩崎 道子

〔祝辞〕　傘寿文章道礼賛

飯坂　弘高

後期高齢者などという、嫌な、そして、まことに無礼きわまりない呼称が、公用語としてまかり通りつつある時代ですが、それはさておき、ここにまずもって、岩崎さんが迎える「傘寿」という、歴史的な人生の〈晴れの日〉の訪れをお祝い申し上げます。

そして、それにも増して、この傘寿を機会に「これまで書いたものをまとめてみようと思い立った」というお知らせをいただき、それにさらにまた「家族の協力もあって」とのことをお聞きしたとき、胸いっぱいの感動を覚えさせられてしまいました。

北松園に「文芸教室」を開設して二十年の余にもなりますが、その私のねらいは、まずもって「国語を大切に」という呼びかけであり、そして「老後をいかに生きるべきか」という〈問いかけ〉でありました。

そのことから、失われつつある伝統的な日本文学の良さを説き、また時代ごとのそれぞれの代表的な作品をとおして、忘れられつつある日本の心と四季の美しさとをお伝えしてまいりました。またそれらに、詩や短歌・俳句なども取り入れて紹介してまいりました。

そしてその過程において、もしも心に残るものがあったなら、それをメモし、そのメモをもとにつづって「何か書いてみませんか」ということをお勧めしてまいりました。心をよぎって去り行くものを、そのまま消し去っては、もったいないではありませんか──。

けっして強制するものではありませんが、書くということは自己を見つめることであり、脳の活動を活発にすることでもあって、その静謐《せいひつ》の時間における原稿用紙のマス目の一つ・一つには、認知症とやらを予防する特効薬があるようにも思われるからであります。

岩崎さんは、いち早くこのことに気づかれたのでしょうか、数々の思い出を、そしてそれが単なる過去ではなくて、それを今のご自分の目をとおして書いておられます。存在感のある文章になっているのは、この構想にもとづくからではないでしょうか。

また、純粋無垢の文章を構築していくのは、心に〈崇高な無極の塔〉を建立するにも等しいことであろうかと思われます。古くから〈文は人なり〉という諺がありますが、それはこのことを言っているのではないでしょうか。

また「文章を書く」という作業には、当然のことに、まったくの〈孤独〉の状態が要求されます。が、それもまた、書くことによって解消されていくはずであります。つまりそこには孤独感の入り込むような余裕など、いささかも存在しないということであります。

むしろそこには、過去と現在との去り行く日々の中に、もうけっして老いることのない人々との再会があることでありましょう。そしてそこにまた、かけがえのない対話がうまれてくることでもありましょう。

以上、傘寿の方に、卒寿の者が、礼賛の辞に事寄せて、何かと申し上げてしまいましたが、一期一会を大切に、今後なおいっそう、この文章道に精進されますことを祈念しながら、祝辞といたします。おめでとうございます。

はじめに

いつからか、歳ごとに、月日の経つのが早く感じられるようになりました。平凡だったゆるやかな水の流れが、どこか、あるところへ向かって、急流となって、刻々と、加速度を増しつづけているかのように思われてならないのです。

そして、何かしらそのような差し迫った思いの毎日をすごしながら、まもなく八十歳を迎えようとしております。そんなある日、私は、この世に生きた証として、これまで、その折々に書きためておいた数編の作文を、まとめてみようかと思い立ちました。

その「書くきっかけ」となったのは、北松園老人センターに開設されている「文学に親しむ会」の会員になってからのことです。ここの水曜定例会で、学識・経験ともに豊かな先生の、手作りの教材資料をもとにして、休むことなく学習してまいりました。

このサークルに通ってもう二十年にもなりますが、古典文学では、『徒然草』『枕草子』『奥の細道』などを読み、今は『平家物語』にとりくんでおります。また、夏目漱石の『草枕』と『吾輩は猫である』なども読了し、中勘助『銀の匙』を毎回読んでおります。

その外、漢字の練習問題、ユニークな「漢字を使って頭の体操」。それに季節ごとの「俳句の鑑賞」や短歌・詩などの勉強もしてまいりました。また「新聞のコラムを楽しむ」などの企画もあって、このように、じつに多彩な内容となっております。

先生は常々、「国語を大切に・今日という日を大切に」を強調されて、去り行くその日毎の一こまを、まずは日記に「書いてみませんか」と、お話してくださいました。そしていつも、「何か書いてみませんか」を、呼びかけてくださいます。

当初、私は「書くことなんて何もない」と思っておりましたが、ある日、ふと、若くして亡くなった幼馴染の昌子さんのことを思い出し、それを書いてみようとペンをとり、思い出すがままに書き進むうちに、書くことに熱中している私を〈発見〉したのでした。

昌子さんの面影を求めて書いているうちに、それらと並行して、ふるさとの遠い日の思い出や景色などが、昨日のことのように、次々とあらわれてきて、私はそこに思いがけない、書くことの喜びを知りました。

それまで書くなどということに全く縁のなかった私が、七十歳近くになって、拙いながらも、書くことに充実感を覚えるようになったのは、何よりも、先生の教室での励ましの言葉があったればこそ、です。

依然としてサッパリ上達しそうにもありませんが、この充実感を大切に、今後もひきつづいて精進していこうと思っているところです。その「きっかけ」を作ってくださいました先生に、改めて、心からお礼を申し上げます。

目次

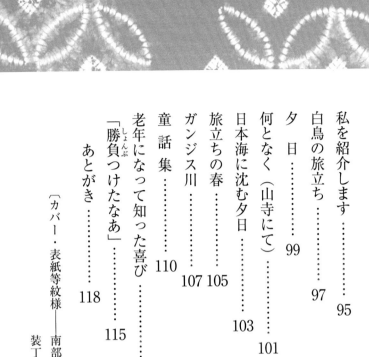

〔カバー・表紙等紋様――南部紫根染〕

装丁／宮田輝久雄

随想

「流れゆく日々」

——想うがままに——

アッちゃん

星のきれいな寒い夜、子犬のピッピと外に出ました。

おとなりの次男坊、小学生のアッちゃんが庭先で竹刀の素振りをしていました。

少年剣士のアッちゃんは毎晩、素振りに余念がないのです。

そのひたむきな姿に、つい言葉をかけてみたくなります。

「アッちゃんは、えらいのね」

するとその夜のアッちゃんは
「あの三つの星を三角形にむすんで、一列に並んだ三つの星を、こういうようにつないだのが北斗七星なの」と竹刀で夜空を指しながら教えてくれました。

「どれ、どれ？」私も一所懸命、その夜空に目を凝らしました。

昔に仰ぎ見た、あのまばゆいばかりの星空が、すぐそこにありました。

星空は、アッちゃんの目にも、あの頃の私に映ったように光り輝いているのでしょう。

「アッちゃん、どうもありがとう。また星の名前を教えてね」

空を仰ぎ見ることも、その美しさをも忘れて久しい私。

アッちゃんはまた黙々と門柱を相手に竹刀の素振りに励んでいました。

〔平成16年7月〕

野点にて

快い秋風が、野点の席を吹きすぎていきます。

一匹のトンボが、私たちの席を戸惑いながら右往左往しています。

席に座っている人たちが、その行方を気にしていました。

やがて、トンボは、私のお隣の和服姿の美しい人の膝に羽を休め、その女の人を、なにかしら意味ありげに、じっと見つめていました。

それは、あたかも、両の腕に抱かれた乳飲み子が母親の目をじっと見つめているように思われました。

みじろぎもせず、そのトンボに膝を与えている人の静かな息づかいが伝わってきました。

淡い花柄の和服の藤色とトンボの羽が、静かなお茶会の席の、やわらかな日ざしのなかに、ひっそりととけこんでいるのでした。

〔平成16年9月〕

野点にて

北上川のほとりにて

五十数年もの昔、「北上川夜曲」の悲しい愛の物語は、今もなお、人づてに語り伝えられているとか。私もかつて級友の歌うこの曲に心ときめかせながら聴いたものである。

街に用事があって出かけた折、北上川の広場から聞こえてくる草野球の声にひかれて土手を降りてみた。

川を渡る橋の上から、水の流れを見たりはするものの、わざわざ川岸まで降りたことは無い。

そこには、さわやかな秋空があった。広い川原の空間に人の気配といえば、犬の散歩をする人、土手に並んで座っている若いカップル、川向こうで草野球をしている子供たちばかりだ。

小道の両側のイヌコロ草が、かすかな風に揺らいで、夏疲れの後遺症を癒してくれる。

ヨシの葉先が、わずかに秋の彩りを帯びて、ついこの間までの猛暑といわれた日盛りが、まるで嘘だったように思われる。

川辺のほとりに平らな御影石が、十数枚敷きつめられてあった。大人が一人、座って缶ビールやおつまみを置いても良さそうだ。

敷石の作業をした人たちの御苦労を思いながら、一枚の石に腰をおろして足を伸ばした。川向こうの電車の架線すれすれに、日が傾きかけた。足元で鴨が餌をついばんでいる。

時間の流れが止まったかのように、川面は静かだ。夕映え染めたキラメキの上を走る新幹線の車内灯が旅心を誘う。

いつの間にか鴨が向こう岸へ姿を消した。まっくらな闇になる前にいそいそと家へ帰って、それぞれ平和な生活を営んでいるのだろうか。

いつもなら夕食支度の時間だ。気づくと野球少年たちの声も消えていた。もう少し折角の夕映えを楽しんでから家路につこうと思った。〔平成16年10月〕

昌子さん

北松園老人センターで行われている「文学に親しむ会」の教室で、先生からいただいた「詩の歳時記」というタイトルのある大学ノートを手にしたとき、いつか、このような光景があったような気がした。そしてすぐ、今は亡き、幼馴染みの「昌子さん」のことがよみがえってきた。

彼女は私より二つ年上の、美しくて、もの静かな人だったけれど、心の底に情熱を秘めていた。なぜか、私を妹のように可愛がってくれた。私もまた、何でも話せる優しいお姉さんのように慕っていた。

夜には、お互いに貰い湯をしたり、勉強を見てもらったりした。岩手山のふもとの夜の暗やみは、息をのむほど怖い道だった。

けれども、昌子さんと一緒に過ごしたい一心で、毎晩のようにお互いの家を行き来した。

ポツンと、かなり間隔をおいて立つ街灯の、わびしい裸電球の淡い光の中を降りしきるボタン雪、聞こえるのは、きしり鳴る下駄の音だけ。さえざえと照る月影、季節の移ろいはそれぞれ美しかったはずなのに、昌子さんの顔を思い浮かべるとき、なぜか車の両輪のように、冬のたたずまいだけが、くっきり映し出されてくる。大切な人を失ったという寂しさが、そうさせているのだろうか。

勉強のよく出来た昌子さんは、やがて盛岡の女学校へ進学した。そこで一人の文学少女とのめぐり会いを得たようだった。休みの日には、私にも彼女と語り合ったことや、文学書のことなど、以前にもまして、多くのことを楽しそうに話してくれた。

そんなある日のこと、昌子さんは私に一冊の大学ノートを手渡してくれた。その表紙には、「詩のノート」と書いてあった。一ページ目に、カール・ブッセの「山のあなた」が書いてあった。――山のあなたの空とおく／幸いすむと人のいう――などと、ちょっぴり憧れの心を抱いたりした。

その後、家庭に入り雑事に詩の心も失われて、いつとはなしに年を重ねてきた。
けれども今、このような学習の場を与えていただいた。感謝しながら、昌子さんとのことなどあれこれ思い出しながら、季節の移り変わりを大切に、心にも文章にも思いつくまま書き記していきたい。

〔平成16年11月〕

名作

一冊のモネの画集は数十年来、本棚の定位置にある。整理下手の自分ながら、このことにだけは感心している。画集にしては軽く、織布張りの白かった表紙の装丁は、今でもしっかりしている。昭和三十九年発行、五百円なりの定価が記されている。

東京オリンピックが開催された年の春、夫の転勤先である海沿いの街に住むことになった。夫は朝早く大型バイクで出勤し、時々仕事仲間を家に連れて来た。飲みながらも仕事上の話題で気炎をあげていた。夜は波の打ち寄せる音が絶え間なく、なかなか寝つけない。土地の人々の独特な抑揚で交わす会話に馴染めず、初めての土地は心細かった。

海からの空っ風が肌を刺すような春の日、駅前に張られたテントの本屋をのぞいた。新聞、雑誌、マンガ本と、所狭しと並べられた片隅にある本に目がとまる。

モネの画集だった。今の気持ちを救ってくれるに違いないと、ためらう事なく買った。

パリ近郊の田園風景や駅舎、教会、睡蓮の庭の連作、それに「辻　邦生」の解説が功を奏して、今まで触れたことのない名作を飽くことなく眺め暮した。

月日が経って、いつの間にか当地の生活にも慣れ親しむようになっていた。

十年ほど前、妹とフランスに旅した折、モネの「ジヴェルニーの庭」を見学した。名作となった睡蓮の池は澄んでいて、太鼓橋を多くの人が行き来している。彩り豊かな花々が庭園に咲き乱れていた。

長い間憧れていた地を訪れることができた感慨とは別に、その昔、このうえない慰みになってくれた絵の印象とはどこか違う。

絵は画家が捉えた目と心なのだろうから当然かもしれないと、自分に言い聞かせた。

平穏に暮している今の礎を築いてくれた亡き夫や、海辺の気さくな人々を思いながら、表紙が茶色に変色した画集を眺めている。

〔平成17年10月〕

れい子さんの山荘便り

れい子さんは、八幡平の山麓に、高齢のお母さんと二人で生活をしている。大好きな御主人に若くして先立たれるなど、決して平坦な道のりではなかった。手仕事の同好会で月に一度、会うようになって二十年になる。

作業しながら、聞くともなしに耳に入ってくる「れい子さんの山荘便り」が瑞々しい。

山荘の夜更けは物音ひとつしない。ある深い夜のこと、カタカタと外で音がする。耳をすましているうちに、数日前庭のドングリの実に壊れた植木鉢をかぶせておいたことを思い出した。リスでも来て植木鉢と格闘しているにちがいない。小一時間ほど小さな音をたてていたが「カチャーン」という音とともに、もとの静けさが戻ってきた。

朝になってドングリの実が、ひっくり返った鉢の側に転がっていた。冬ごもりの支度に忙しい動物への思いやりのつもりだったが、ひっくり返った鉢の音にびっくりして逃げたリスの無念さが、おかしい。

山荘を囲む落葉樹の中に一本の松の木が日照の妨げになってきたので切り倒してもらいたいと思案していたが、そこは男まさりのれい子さんだ。ある日、大胆にも自分で切り倒そうと思い立った。直径三、四十センチの松の幹は、のこぎりを入れてみると、意外に柔らかく、容易に刃がくい込んでいく。

れい子さんの年老いたお母さんは、子猫を懐にして「おっかねえ、お前はやっぱり男だ。嫁の貰い手がないのは当り前だ」などと言いながら、まわりをうろうろしはじめた。さすがのれい子さんも少々怖くなってきたが、今更のこぎりの曳く手を中断するわけにはいかない。切り倒した松の木は、あわや隣家の敷地に侵入しそうな巨木だった。何という事をしでかしたかと、全身が冷え込んだ。

見上げる木の高さと、切り倒した木の長さとを予測することは、女性にはできないと、痛感したそうだ。

四季の移ろいを彷彿とさせてくれる山荘便りは、美しい彩りを添え伝わってくる。

〔平成17年11月〕

桐の箪笥

納戸の片隅に置いてあった桐の箪笥を、和室の明るい場所へ移してみた。細身の三尺箪笥は、やっと自分の居場所を得たかのように、すっきりと落ち着いて収まっている。

その箪笥には、数箇所の小さな修復のあとが見える。あの戦争の時代、旧松尾鉱山の空襲のときに、爆撃の破片が貫通してできたものだ、と聞かされている。桐の箪笥はカビを寄せつけないと、嫁ぐときに持たせてくれた。そこには、晩年母からもらった着物が数枚入っているのだが、暗い納戸に置かれているときには、抽斗を開けてみようともしなかった。新しい居場所を得た箪笥を見て、不意に、その着物たちが気がかりになった。

あと何年、私自身の手で、その着物を着られるだろうか。

このまま箪笥の中にしまい込んでおいては、母からの折角の思いやりがふいになってしまう。などと考えたあげく思い切って、外出のときは、たまに着物にしようと思った。

母から受け継いだ着物はしっとりと、手にやわらかい。長女である私は、年齢が近いせいか、母とは姉妹のような気持ちで接していたのだが、どんな気持ちでこれらの着物を身にまとっていたのだろうか。そしてそれを察することもなかった私だ。

遠い日、ときどき母がみせた淋しげなまなざしを思い出す。

明るい場所に、母の形見の箪笥を移した事で許して貰おう。

〔平成18年3月〕

藍色の空と月

細々とした日常の仕事をしているうちに、すっかり暗くなってしまった。子犬が散歩を待っている。公園を一望できる石段に立って空模様を見る。日によって流れる風や樹木の色が違って見える。

今夜は十三夜なそうだ。この大規模な団地は、森林を切り拓いて造成された。公園の向こうに緩やかな傾斜を描いて、うっ蒼とした赤松林が、その名残りを止めている。林の後から姿を出している月の明かりで、空は黄色味を帯びた藍色に見えて黒々とした赤松林を覆っている。

このような情景を目にすると、決まって思い出すことがある。生まれて数カ月後から小学校にあがるまで育ててくれた祖母は、芝居が好きだった。用事があって盛岡の街に出ると、よく映画もみた。私は祖母と入る映画館は暗くて嫌いだった。ただでさえ祖母と二人だけの生活は淋しかった。映画の内容は覚えていないけれども、親しい人との別れとか闇討ちの背景は、うっ蒼とした林の上に月明りだった。隣の席で心を奪われているように身をのり出して画面を追っている祖母に、私は「おばあさん死なないで、死なないで」と泣きべそをかいていた。祖母は相槌をうっているのか笑っているのか、「フッフッ」と小さな声が返ってきた。

考えてみれば、当時の祖母は、まだ六十歳にもなっていなかったはずだ。それなのに上から下まで年がら年中、黒づくめの身なりで通していた。私には祖母の生が今にも終わりそうに映っていた。だから映画の場面によって余計、心細くなってしまったと思う。

その後、両親兄弟、そして祖母も一つ屋根の下で普通の生活をした。それなのに祖母のもとで育てられたころが、より懐かしく思い出される。この年齢になっても、山の上の藍色の空に月が昇っている情景を見ると胸が痛む。

子どもの頃の原体験は強烈に、いくつになっても忘れられないものである。

〔平成18年10月〕

クラス会

高校を卒業してから半世紀以上の年月が流れた。それでも三年に一回のペースでクラス会の通知が来ていた。参加してみると、どの人も皆、それぞれの歴史を刻んで生きてきたはずなのに、同じ懐に帰ってきたような和やかな時間が流れる。

同級生の多くは、自分を出すより先ず相手の気持ちを受け入れるという県北女性の特有の気質と私は思っているけれども、「朴訥さ」を持っている。

この地区の冬の生活環境は、今とは比較にならないほど厳しいものがあった。交通の便宜上、遠方から通学している人たちは、冬期間それぞれ二、三人ずつ学校近くの家に間借りをして共同生活を送った。まだまだ親の手を借りたい年頃である。今のように簡単に食べものが手に入らない。それぞれが家から持ち寄ったもので協力しながら炊事をした。多感な頃、同じ釜の飯を共にした生活は、格別な思い出になっているようだ。

私自身はそのような経験はしていないが、クラス会の度に語り合っているその人たちの思い出話は、何度聞いても感慨深い。

三年間の冬場の共同生活では、言い争いや女性特有の羨んだり、妬んだりの生活とは無縁だったようだ。人柄の良い同級生たち。私もその一人であることに、喜びを覚える。

残念なことに、クラス会に参加する人は年毎に少なくなってきている。いつもは次回の約束をして解散するのだが、今回は誰からもその話は出なかった。これも自然の流れと、受け入れるしかない。

純朴で、ひたむきな高校生時代を過ごしたあの方たちの御健勝をいつまでもと願っている。

〔平成19年7月〕

天使の梯子《はしご》

今から二十数年前、サークルの先輩たちと連れだって盛岡市内の東に位置する「岩山」に遊んだ。その時の情景が忘れられない。

標高三百六十メートルの頂上からは、市街地の果てに遠く岩手山から連なる奥羽山脈が一望できる。

厚い雲が空を覆い、今にも雨が降ってきそうな日だった。喘ぎながら展望台に辿り着いた途端、目にした情景に私たちは息を呑んだ。

頭上の灰色の雲の割れ目から、日のひかりが放射線状に地上へ落ちている。水蒸気のようなものが纏わりついて、強靭ながらも穏やかな光を放っていた。

眼下の景色は遠く郊外まで、透明な光の輪に囲まれていた。街全体が箱庭の中に収められた世界に見えた。ビルや家々の屋根は新雪を載せたように白く煌めいていた。北上川の流れも止まってしまったようだった。

静寂に包まれた盛岡は、天国の街を想わせた。やがて日は陰り、数分間のドラマは終わってしまった。

俳句を趣味としている年輩の友人たちは、岩山の坂道を下りながら、先ほど繰りひろげられた現象は、山歩きの人たちがよく見かけるという「天使の梯子」だと話していた。私も雨上りの広い田園地帯で、遠く幾筋かの「天使の梯子」に気づいたことがある。

岩山で幻想的な体験が出来たのは、私たちが「天使の梯子」の輪の中にスッポリと包まれてしまったからなのだろう。

後年、あの現象は俗称で「薄明光線」とも呼ばれると知った。

五、六年前、八幡平市のカメラマン畑謙吉さんの写真展を鑑賞した折、不動の滝の周りを包むうっ蒼とした樹林に降り注ぐ「薄明光線」が印象的だった。

二十数年前、岩山で体験した気象現象を語り合った先輩の皆さんが偲ばれる。

〔平成19年8月〕

印鑑

デパートのエスカレーターの脇で女の人から手渡されたチラシは、印鑑を誂えるための宣伝だった。専業主婦の私には、認め印だけで十分用が足りていると思いながら「印鑑であなたの運勢が開けます」と書いてある宣伝文句に気持ちが動いた。買う予定のない宣伝にはのらないようにしているのだが、と思いながらも、いつの間にか文具売り場の臨時に用意されたテーブルの前に座っていた。

係の人に名前の画数や字体のことなど詳しく説明を受けたが、そのような事には関心のうすい私は、まだ注文することをためらっていた。

当時の我が家は、子どもたちの受験や進路の選択などと重なり、気苦労の多い日々だった。将来が良い方向にと願うのは親として当然のことと思うのだが、「印鑑で運勢が開く」という言葉は、私自身も一人の人間として新しい風を受けてみたいという気持ちがどこかにあったからだと思う。

思いきって注文することにした。

しばらく経ってから青い緞子の袋に入った印鑑が届いた。象牙の（今は禁止されているそうだが）円い重厚な判子には、姓だけではなく名前も彫られている。作ろうと決断した時の動機とはうって変わって、「家庭人としてしっかりやって下さい」と叱咤激励されているような思いで精妙な彫りに見入った。

あの頃から三十数年も経過している。印を押す緊張の一瞬も指になめらかに伝わる。重い感触は、どちらかというと道具に無頓着な私を開眼させてくれた。印鑑ひとつで人生を決着しなければならない経験があったなら、こんな軽々しいことは言えないかも知れない。命に繋がる大切なものに思える。

懸命に働いてくれた夫は十数年前に亡くなったが、ささやかながら平穏な日常を過ごす事の幸せを噛みしめている。

幸運が開かれますように、と勧めてくれた人の顔は忘れてしまったが、印

印鑑

を押す度に求めて良かったと感謝の念が湧いてくる。

〔平成19年11月〕

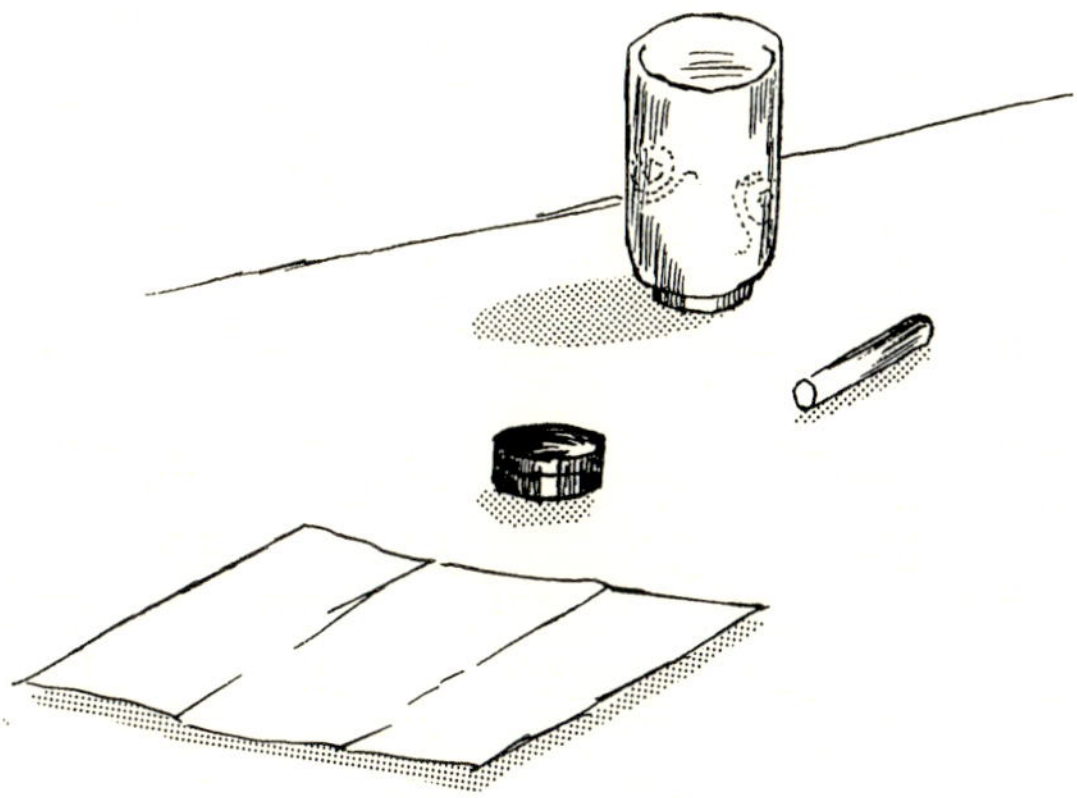

学び舎の清掃

私が子どもの頃は、今と比べものにならないほど親の手助けをしていたように思う。

学校の放課後の掃除も、みなよく動いていた。そのなかにいて私といったら、さっぱり役に立っていなかった印象が残っている。

遠い昔のことであるが、小学校の木造校舎での一コマが鮮明に蘇ってくる。その日は長い廊下の掃除当番だった。同じ学年の「さっちゃん」は、みんなより小さい身体ながら、雑巾を持った両手をしっかり床に押し付け、右いっぱいに腕を伸ばしてはくるくる左に伸ばしてはくるくる雑巾を回転させる。それを繰り返しながら、さっちゃんの手で拭かれた廊下の板は輝く。その軽やかな動きがいかにも快さそうに見えた。

同じ学年なのに、こうやって働いて家の人の役に立っているのだろうと、改めて私よりずーと大人に見えた。

こうして見惚れている場合ではないと、さっちゃんの隣にしゃがんで真似てみるのだけれど、いかんせん普段家でやっていないことは、俄かにできるわけがない。改めて、さっちゃんに感心した私は、そのような思いを告げたが何も言わず同じ仕草で廊下を往ったり来たりしている。

ついに、私の不器用な雑巾扱いに愛想が尽きたのか、「ほんに、ほんに」（あきれたあきれた）とバケツの中の雑巾を洗いながら私を見ていた。

昔の一場面がこんなにはっきりと頭に焼きついているのは、自分から家の手伝いをする事もなく、反対に私より年長の同居の人達（お手伝いさん）に何もかも手助けをされてくらしていた自分を、心から恥ずかしいと感じた最初の体験だったからに違いない。

今、あの学び舎は影もかたちも無いが、裏手にある杉林に匂いを残しているように思われてならない。

〔平成19年11月〕

桜吹雪

転勤族の娘夫婦は、当時東京の国立市に住んでいた。

私は、家族に学齢前の男の子たち二人を抱えた娘の手助けにと、言い訳しながら始終娘のところに行った。何も言わず家を留守にする私を、夫は許してくれた。有りがたかったと二十数年前を思い出している。

孫たちの顔を早く見たくて、東京駅に着くと、脇目もふらず一目散に中央線のホームに走ったものだ。

国立市は桜並木が美しかった。駅前からまっすぐに延びた広い通りの両側に桜の古木が並び、途中には大学やシックなお店が並んでいた。何故か、孫を思うとき、青空の下に揺れる、国立の桜と重なる。

乳母車の母と子、私は上の男の子の手を引き桜吹雪の舞う駅前通りをゆっくり歩く。しっかり私の手を握っている小さい手は、ほっかりとあたたかい。

乳母車を押す娘のふくよかな白い顔も、赤ん坊も、ほんのり桜色に染まっている。今ごろは、仕事に励んでいるであろう、この子たちの父親にも、何か感謝の念を覚えるのだった。

両側の舗道を行き交う人たちも、桜吹雪を浴びながらそれぞれ楽しそうに歩いている。

すっかり大人になった孫二人とは、つい疎遠になりがちだ。いつの日にか皆で国立市の桜並木を歩きたいと言ってみたら、苦笑いするのだろうか。

〔平成20年5月〕

「よくできました」

週に一度、近くにある流水プールで運動不足を解消している。老若男女、思いおもいのペースで流れる水に身を任せる。多少、体の調子が良くないと思いながらも小一時間、プールを歩くとすっきりする。

毎週、木曜日は小学校低学年の水泳教室が併設されている。

「お母さんに付き添われ、泳ぎを覚える。なんて幸せな子どもたち」

といつも思う。

若いお母さんたちの中に一人、おばあちゃんらしき人が付き添う女の子がいる。おばあちゃんと言っても私よりずっと若い。

私もおばあちゃんっ子だったからなのか、ピンク色の水泳帽子が可愛い女の子が気になった。

準備体操が始まった。皆、元気がいい。その女の子は、いつも大勢の円陣

「よくできました」


の外に、たよりなげに立って、皆の動きを仕方なく真似ている。

準備体操の最中も、おばあちゃんが気になるらしく、ちらちら見ている。私は幼いころの自分を見ているようだった。

先ず先生は、一、二、三、四、五、と水に潜ってみせる。皆、喜々として先生を真似るけれども、その女の子は水に顔をちょっと付けるのも束の間、両手を水中めがねの中に入れ、目をこする。そしておばあちゃんを見る。

私にはこの女の子の心中が手にとるようにわかる。

おばあちゃんは孫の様子を心配そうに伺っている。早く安心させたい。私がそう思ったってどうしようも無いのに。

今まで不定期に通っていたプール行きを、意識して私も木曜日の午後と決めた。

何週間かが過ぎた。今日のピンクの帽子の女の子は、いつになく準備体操から快活に手足を動かしている。

先生は数秒、水の中に潜ってみせた。

女の子は皆と同じようにスッポリ水の中に顔を入れた。お尻がポカリと浮いた。先生は
「よくできたね」

と激励していた。

女の子は満面に笑みを浮かべ、おばあちゃんの方に目をやる。

おばあちゃんも本当にうれしそうだった。私はそれとなく、そのおばあちゃんに近づいて行って
「もぐることが出来て、ほんとうに良かったですね」

と声をかけた。

残念ながら、遠方からプールに来ているその女の子は、学校の授業時間と合わなくなり今日は最後の水泳教室なそうだ。

けれども私迄、達成感を分けてもらったような気分だった。

今でも、プールサイドで準備体操をしている子どもたちの中に、あの女の子の面影を追っていることがある。

〔平成20年10月〕

おそよさんの針仕事

秋の収穫期が過ぎると、毎年、遠縁にあたる「おそよさん」が我が家にやってきた。おそよさんは六畳の間の炬燵を陣取ると、早速、縫い物の準備にかかった。およそ二カ月ほど寄宿して、客用の丹前から私たち家族みんなの寝巻きなど、せっせと仕上げていく。これらのものは、茶系や紺系の柄物や絣模様の木綿地など、地味な色合いのものが多かったように思う。竹で編んだ裁縫箱の底には、錦紗や縮緬の艶やかな絹物や、深紅のビロードなどの小布が潜んでいた。大きな縫い物の合間に、これらの小布を組み合わせて作る針刺しや小袋など、布の取り合わせの妙味に、ひどく魅せられていたことを思い出す。

学齢に満たない私を相手に、おそよさんは世間の事や、自分が嫁いだ先の家族や夫がどんなにひどかったかなど、こと細かに話しながら、せっせと針を動かす。私は、それらの話を嫌だとも思わず、暇さえあればその隣に座って針のたくみな運びぶりを感心しながら見ていた。

気の強いおそよさんの仕事ぶりは、何年も着て洗ってを繰り返し、布地が弱っても縫い目は綻びたりはしないと、大人たちはこぞって評価していた。何枚もの丹前や寝巻きなど、気合いが入ったようにきっちり仕上げ、年越しは自分の家でするからといって、年末ぎりぎりに一人住まいの家に帰って行った。

おそよさんの居なくなった部屋には、当分のあいだ淋しさが残っていた。大人たちが評価していた、おそよさんの手先の器用さには到底及びもつかないが、私の布好きは、彼女の影響が大きかったと思っている。

〔平成21年1月〕

秋晴れの一日

八戸市の美術館で「京の四季展」を開催中と知り、新幹線で行ってきた。風情豊かな京の自然や寺院に心打たれながら、歩をすすめているうち、「山門雪景・知恩院」という作品の前に立った時、京都での体験が昨日のように甦ってきた。

その日の京都は、おだやかな日差しに包まれていた。知恩院の広々とした石段が境内に続いていた。参詣する大勢の人々を見上げながら喘ぎあえぎ登っていくうち、先方に見覚えのある後姿がふと目についた。亡くなった夫の背であった。その人は左肩を少し下げ、足をかばうようにゆっくり石段を登っていく。グレーのスラックスに紺色の上着もあの人の定番。剃り上げた首すじのあたりもそっくり。早鐘を打つように騒ぐ胸を抑えることができなかった。

傍にいる同行の妹を置き去りにして私は、早足に石段を登り切り、何食わぬ顔で振り返ってみた。

その人は立ち止まりながら、ゆっくり石段を登ってくる。遠目ながら顔立ちもそっくりに見えてならない。でも、あの人のはずがない。私の白昼夢だったのだろうか。

広い境内には多くの参詣人が歩いていた。あの人も、もうそろそろ境内に辿り着くころ。山門の辺りをさり気なくぶらついて、目の及ぶ限り見回したが姿はなかった。

そんな私に妹は、「姉ちゃん、どうしたの急に走り出したりして」とあきれるように言うのだった。

あれから十数年過ぎた。今日の一日を、京都の思い出の絵に触れた喜びと、あの日のことを語り合いながら帰途の車中の人となった。

〔平成21年9月〕

私の好きな音

家の裏手から続いているなだらかな山に、段々畑が耕されていた。祖母と二人ぐらしの幼児期の私は、一人遊びに飽きると縁側から山に向かって「おばあさーん」と叫ぶ。少し間をおいて「ホー」と祖母の声。やがて背負いかごの祖母が雑木林の坂道をトコトコ、下ってくる足音がする。

祖母は私の些細《ささい》な話を、「おう、おう」と頷きながら受けとめてくれた。「おばあさんっ子は三文安い」などと、かるく否されていた私は事実、なわとび、石けりと不器用で下手だった。そんな私を祖母は陰ながら精一杯、見守ってくれた。

裏岩手の裾野に拓かれた田園地帯にある私の村には鉄道が通じていない。車も見かけることはなかった。駅のある隣村まで一里ぐらいは、スタスタ歩いたものだ。

村は森閑とした空気に包まれていた。時折隣から鍛冶屋さん夫婦の息の合った槌音が「トン、テン、カン」と聞こえてくる。あねさん（奥さん）は、ふくふくとした顔に玉の汗をかきながら槌を振りあげていた。

うっ蒼とした雑木林は季節ごとに奏でる音が違う。葉ずれの音も多彩だ。夜が更けると、裏山から「オッホ、オッホ」とふくろうの鳴く声。物心のつくころから悪いことをすると「オッホ、オッホ」が来るよ、と聞かされていた。

心細い夜は祖母に昔語りをせがんだ。おはなしはすぐ種ぎれになってしまうとわかっていたが、うたうような語りが快い寝物語になってくれた。

今、私は当時の祖母の年齢をはるかに越えた。五感は鈍ってしまったが、幼いころに体感した音は色褪せることなく、透明に記憶されている。

〔平成21年10月〕

老後の手すさび

　いつから降りはじめたのか、今日は朝から吹雪いている。日課の犬の散歩も、もう少し待つことにしよう。こんな日には、押し入れの下段いっぱいに陣取っている柳行李や、段ボールの箱に入った大小の布切れを整理というか、仕分けというか、それらを取り出して眺めては、また元通りにしまいこんだりする。どんな小さな布地にも、それなりに思い出があるので捨てられない。押し入れの前にしゃがみこんで、そんなことを繰り返しながら、「老後の手遊（てすさ）びに」などと、これまで何度つぶやいてきたことであろう。

　母や祖母の老い先や生き方などから想定して、私もまた、そのような年齢になったならば、まぎれもなく家に籠もって、炬燵にでも入りながら、小布を相手に手遊びをして日がな暮しているだろうと思っていた。けれども幸か不幸か、祖母や母のように家にこもりっきりの生活は、まだ訪れそうもない。

この調子では果してこれらの布地が望むような形に善処してあげられること
だろうかと、その行く末が気にかかってならない今日この頃である。

〔平成22年2月〕

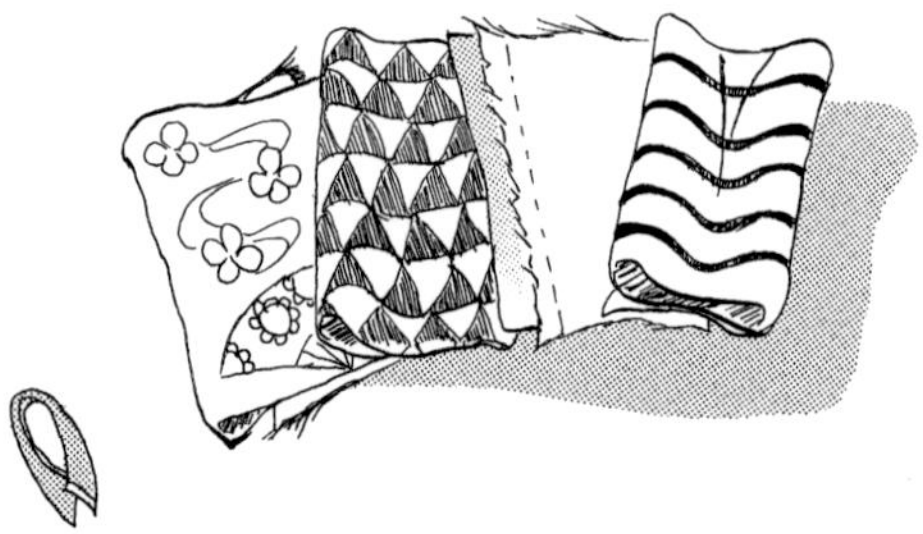

藤の実

数年前の晩春、雑木林のある公園を子犬と散歩していたときである。頭上から何かの弾ける音がしたかと思うと、数本の木の実の鞘が落ちてきた。「パチッ」と鋭い音がした。昔、男の子が紙の火薬を石で叩いて遊んでいるのを怖々見ていたことが咄嗟に頭をよぎった。子犬と慌ててその場を離れたが、落下はそれから数十分続いた。

夕方のアスファルトの道には、音をたてて落ちた藤の実と鞘が散らばっていた。珍しいので記念にと数本の鞘を拾って帰った。後日山好きの友人に、その時の様子を語りながらそれを見せると、何のことはない、木に絡まる山藤の蔓は、はた迷惑とばかりに薪ストーブに放り込まれてしまった。私には忘れられない公園での情景だったのでがっかりした。

先日、「寺田寅彦」の随筆集を買い求めた。家事の合間にページをめくっていたが、筆名、吉村冬彦による「藤の実」が目にとまった。読みすすむうちに科学者、寺田寅彦博士には、大変畏れ多いことながら、なぜか「ほのぼの」とした親近感を覚えてしまった。私の生まれた年に亡くなったことも一因になったと思う。

――寺田寅彦が居間の机の前に座ると同時に「ピシリ」と音をたてて障子にぶつかったものがある。小石でも投げられたか、と思ったが、それは庭の藤豆がはねて、その実の一つが飛んできたのであった。藤が頻繁に猛烈な勢いで豆を弾き飛ばしていた。この一夕の観察が動機となって――と、科学者の思い出は続く。

私は、この文章を読んでからというもの、寺田寅彦博士にではなく筆者名、冬彦さんに、あの夕暮れの公園で出合った情景を語りたい。

冬彦さんは、座机で偶然目にした藤豆のことなど、どのように話して下さるだろうか。このめぐり合わせに、本を読むことの幸せを噛みしめている。

〔平成22年4月〕

ナナカマドの実

鳥はナナカマドの実を好まないそうだ。雪の降り積もる外界に、いよいよ食べるものが見つからなくなると仕方なしにナナカマドの実を啄むと、あとで知った。

昨年の今ごろだった。玄関の脇に青空駐車をしている私の車に、集中攻撃されたような汚れが点々とこびり付いていた。辺りの白い雪にもところどころ落ちている汚れは、柿の実の色そっくりの鮮やかさだったので、ナナカマドの実を食べたあとの鳥の落しものとは咄嗟に思い付かなかった。

今年は二月に入り雪が降り続いた。ある朝、車にへばりついた朱い塊をみた。「またやってくれましたね」と、一年毎に、そして同じ季節に繰り返す小鳥たちの習性に、行き当たりばったりの生活姿勢の自分を省みていた。

気が付くと、車の真上に張られている電線にヒヨドリが数羽、無邪気に羽を休めていた。

へばり付いてなかなか落ちない小鳥の落しものを掻き取りながら、人の尺度で推し量るならば、責任放棄も甚だしいではないかねと腹立ちまぎれに呟いてみた。

それにしても、自分の来し方はどうであっただろうか。断片的にしか浮かばないけれども、「どうにかなる」と思いながら生活してきた。だからと言って責任を放棄した覚えはない。けれども家族を始め、今迄係わり合った人たちに聞いてみなければ自信がない。せめて余生の意識のある間は、拙い文章を書き続けることで、常に自分を振り返りながら、くらしていこうと思っている。

〔平成22年4月〕

水玉模様の化粧ポーチ

季節は春なのに、いつまでも寒さが尾をひいている。滅入りがちになりそうな気分を紛らすように、身の回りを整理する。ついでに化粧ポーチを洗いたいと思い、水につけた。水玉模様の空色のポーチは、キャンバス地の丈夫な生地で出来ている。小ぶりだけれども思いの他たくさん道具が入り、とても便利に使っている。

昨年の夏祭りの事である。この地域のお祭りは、お盆も過ぎて秋風が立ち始める頃に行われる。会場になっている公園に近い所に住んでいるので、催し物の進行ぐあいがよくわかる。例年、さんさ踊りの太鼓の音が聞こえてくると、夏祭りの催しも終盤を迎えることになっているらしい。

そういえば、祭りの締めくくりとして催される抽選会の券を貰っていることを思い出した。さっそく浴衣に着替えて、お祭り広場に行ってみた。出店のテントに出された焼き鳥やおにぎりなどは、もう売り切れたらしく閑散としている。さんさ踊りの太鼓も終わり、人々は抽選会の始まる正面に設けた舞台の方へ集まり始めた。先刻より増して、広場は人だかりでいっぱいになっている。その群れの中に立って「こんなこと言っては何だけれど、ささやかな景品の抽選会に、こんなに人が集まって来るところをみると、家にいたところで大した愉快な夜を過ごしているわけではないんだなあ」と、胸の内に言い聞かせている自分を可笑しく思った。

会場ではもったいぶるように、ゆっくりと番号が読み上げられていく。そのつど、どっと歓声と失望の声が入り交じる。そのうち、私の後ろに居た人に当ったらしく、景品を貰いに舞台のほうに姿を消して行った。近くに居て、「わあ、お父さんに当った」と手を取り合って喜んでいる女性は、スーパーの中で営業している薬剤師さんととなりの人だった。

私的な会話を交わしたことは無かったが、いつもにこやかな応対ぶりを好ましく思っている人だったからか、私もまた自分の事のように「良かったですね。ほんと、うれしいですね」と思わず握手をしていた。束の間の幸せを分けて貰ったような夏祭りの夜だった。

それから数日後、病院からの薬を貰いに、例の薬局に行った。そして肝心の薬より先に、あの夏祭りの事が話題になった。「私も岩崎さんが一緒に喜んでくれたから倍以上嬉しかったんですよ。前回のくじで当った人に肩を叩かれると、今度はそちらの人が当るそうですよ」と言って、私の肩をポンと叩いてくれた。そして「こんな事を言ったけれども、前倒しして、私からの景品をどうぞ」と、水玉模様のポーチを手渡してくれた。どうしてそんな心遣いをしてくれるのだろうと感謝しながら、思いがけないプレゼントをいただいた。

ブラシで綺麗に洗い上がったポーチを吊るして、あの夏祭りの夜を思い出していた。

気分も晴れて、いつもの自分に戻っていた。

〔平成22年5月〕

一輪草

桜前線が更に北上していった頃、「西和賀の春を探そう」という一通の案内状が届いた。

参加した当日は天気にも恵まれて、満員のマイクロバスは北上経由で目的地の西和賀地方へと向かった。

途中の錦秋湖は、水際から山頂までの木々の若葉の影を水面に映して、おだやかに輝いていた。やがてバスは、和賀川に架かる橋の手前で北上線を横切り、工場の跡地のような広場に停車した。案内の人に導かれて砂利道の農道を歩いて行くと、すぐ側に迫っている山を背にして、「仙人山登山口・標高八百十二米」という標識があった。最近は、近くの野道の散策程度で、登山などしばらく経験していない。が、その不安な気持ちを察したかのように、「一輪草が待っている道をゆっくり登りますから大丈夫ですよ」という案内する人の声がする。逢いたいと思っていた花の名前に、さきほどの不安な気持ちがどこへやら、嬉しさがこみあげてきた。

交通手段にめぐまれない所で育ったから山道には慣れ親しんできた。故郷の林の中には子どもでも一跨ぎできる小川が流れ、あたりはいつも湿っていた。落葉松《からまつ》の高い梢から降り注ぐ木洩れ日を受けて、そこに三々五々、白い小さな花が、ひっそり咲いていた。祖母や優しかった人々、その誰彼と一緒に目にした風景である。あの名前も知らなかった花が一輪草であると気づいたのは、後年になってからだ。

春の訪れとともに、あの花を見たいと、折あるごとに思っていたが、残念ながら故郷の山里でさえ見る事は出来なくなっている。

若芽の広葉樹林に覆われた仙人山を旋回するように穏やかな山道に入ると間もなく、両側に一面、まぎれもなく「一輪草」が咲き広がっていた。短い花の命を謳歌するかのように、無心に咲き誇っていた。

この峠は、昔、藤原秀衡が各地から採掘した金を運んだ街道だったそうだ。

一輪草の群落を見詰めていると、そこに豪華絢爛な風景が想像されてくる。山の頂上には、秀衡が祖先の霊を祀ったという祠が、長年の雨風に晒されてこじんまりと建っていた。その近くで休憩昼食ということになったが、一輪草は、ここにも足の踏み場もないほど咲いていて、参加者一同、腰を下ろすのに気遣った。

あの白い花の幻影は、私の心に消えることなく、いつまでも残ってくれることだろう。

〔平成22年6月〕

薪能

恒例の中尊寺薪能が8月14日、平泉の中尊寺白山神社の能舞台で催されたと、地方の新聞に掲載された。この能楽堂は江戸時代後半の１８４９年（嘉永2年）に消失したが、４年後に仙台藩主が再建、現在は国の重要文化財に指定されている。

十数年前、一度だけ行った光景が忘れられないものとなっている。

能楽堂は樹齢数百年の老杉にひっそりと囲まれていた。夜の闇が次第に濃くなり、両袖のかがり火に、歳月を重ねた木肌の舞台が輝く。室町時代に世阿弥により完成したという日本特有の演劇は、知識の乏しい私に全容は理解できない。控え目な動作や言葉で表現する能は、それだけに奥深いものであろう。私は仮設の椅子の四、五百人の観客と共に幽玄の世界に魅せられていった。

不意に稲妻の閃光が杉木立の上に走った。突き抜けるような雷の音と共に大粒の雨。かがり火は消え、舞台は一時休止ということに。係の人たちが黄色いビニールの合羽を観客に配っている。私はあわてふためいてその合羽を羽織り、お守り袋などを売っている建物の軒下に雨宿りをした。

気がつくと私の前に、白いうすものの和服の女性が、合羽で身を被うこともなく、すっきりと佇んでいた。背中が濡れ、袂に両の腕が貼り付く。再演のときをひたすら待っているという気概が伝わってきた。

雷の音が遠のき、雨が上った。再び、かがり火が焚かれ、能舞台は洗い清められたようで前にも増して新鮮に映った。突然の雨の襲来は、幽玄な能舞台のまたとない演出効果になったようだった。

白い和服の女性は、どこに座っているのだろう。思い出に残る一夜となった。

〔平成22年9月〕

こい

四、五年前、朝日新聞に連載された、乙川《おとかわ》優三郎作、中川一政画による「麗しき花実」が完了したのは秋風の吹くころだった。
琳派《りんぱ》を伝承する酒井抱一の直弟子である鈴木其一と、彼に思いを寄せる蒔絵職人の理野（虚構の女性）の二人を主軸に展開していく。

題材ならではの四季の美しい東都の風情と触れたこともない古い美術品を想像しながら毎朝新聞を待った。

分別の拭いさることが出来ない其一の、「あなたはどこまでも気随でうらやましい」という意外な言葉が二人の出会いに終焉をもたらす。そこに作画と蒔絵という別世界をたどりながら、同じ感性をもって話し合える、ただ一人の人を失おうとしている理野を心底、いとおしいと思った。

秋草の情緒に惹かれる理野になりかわったつもりで、生まれ故郷に近い、湧水群のある丘陵に行った。

豊富な湧水を集めて流れる長川《おさがわ》の堤は、楓やナナカマドの紅葉で覆われていた。「麗しき花実」のなかの一章が思い浮かんだ。

蒔絵師である理野に朋輩である下絵師が言った。「あんたは葉を書き過ぎる。無駄な葉をとれば赤い実が生きるんじゃないか、そうすることで初めて深まり行く秋が感じられるのではなかろうか」。その言葉に同感しながら川に架かる橋を渡ると、一人歩くのがやっとの細道が続く。野菊がまだ色を残していた。草いきれの匂いがする。

理野は上野の野の端で、居るはずのない「其一」の姿を追っていた。

私は「恋」を語るには面映ゆい年齢になったが、女一人故郷に帰り、蒔絵の道で自立しようと決めた強い女性、理野に熱いものが込み上げてくる。そして声援を送りたい。

「淋しい冬が待つから秋の花は、いじらしい。その控え目な一瞬の華やぎを心に残したい」という理野の思いを抱きしめながら空を仰いだ。

もう秋の深まりつつあることを感じながら、この丘陵に別れを告げた。
〔平成22年11月〕

花の開く予感

三月に入って間もなく、「チッチッ」と小鳥の鳴く声を耳にした。雪の積もった庭には、物音ひとつしなかっただけに、この小さな来客に気持ちが弾んだ。いつになく厳しい冬だったから殊更、花の開く春が待ち遠しい。

日本列島で最低の気温を記録しているという藪川は、ここから北に二十キロほどの所にある。若かりし、春のことであった。山歩きの好きな友人に「キクザキイチゲが咲いているかも知れない」と誘われ、その地に赴いた。

県道から、かなり外れた落葉松《からまつ》林に分け入ると、足下はまだ枯草や落ち葉で何の彩りも無い。果たしてお目当の花が開いているのだろうか。丹藤川の伏流水だという、ひと跨ぎで跳び越せる谷川に沿って捜し歩いた。

半ば諦めかけたが、陽光の射し込む明るい場所に、イチゲが四、五輪咲いていた。風の兆しは無いのにうす紫の花びらが、たよりな気にハラハラ揺れていた。厳寒の地に出番を待って開いた花をいとおしく思った。

見上げると、この辺りの落葉松の梢は、うすく色づいていた。イチゲが咲くと、次々にカタクリ、二輪草、が開く。少し間をおいてイカリ草、ヒトリシズカと、毎年繰り返す藪川の花の暦を、あの友人と共に捲っていた。

先日、図書館に行った折、拡大地図が備えてあるのに気付いた。何かに惹かれるように頁を開いた。

イチゲを捜し歩いたところは？　この辺りだったたか、岩魚を確かめた友人の「汚れものを流すのは厳禁」と言っていたあの渓流は？　と目を懲らして見たが、細く入り込んだ線は複雑で私には見分ける事が出来なかった。

しばらくの間、地図の上を指でなぞりながら、若い日、花の開く頃を待って訪れた藪川の山や川をしきりに懐かしんでいた。

〔平成23年4月〕

ちいさいとりが　うたっているよ

私の妹は、三陸沿岸にある宮古市に住んでいる。会うと話が尽きない。二人で旅行もしている。彼女は育児をしながら幼稚園教諭の資格をとった。それ以来数十年、園のこどもたちに精一杯、愛情を注いできた。

三月十一日の大津波から、しばらくの間、通信手段が途絶えた。妹たちの様子が掴めず、体に重石を載せたような日々を過ごした。やっと電話が通じたときは、受話器を持つ手がふるえた。私は、妹家族と園で預かっているこどもたち全員の無事を知って胸をなでおろした。これからまた、いつでも電話がかけられる。当たり前の日常がこんなに有難かったのか、と思いながら語り合った。気がつくと妹の声が小さくなっている。知っている人を何人も亡くしたことによる喪失感は、私には推し量ることができない。続けてかける言葉が出てこなかった。少し間をおいて妹が振り絞るような声でうたい始めた。卒園式でこどもたちとうたう歌だという。

はじめの一歩

作詞　新沢としひこ
作曲　中川ひろたか

ちいさいとりが　うたっているよ
ぼくらにあさが　おとずれたよと
きのうとちがうあさひがのぼる
はじめのいっぽ　あしたにいっぽ
きょうから　なにもかもあたらしい

このうたに妹自身が、励まされているかのようだった。教わりながら私も一緒に声を合わせた。
津波から十日ほどすぎた三月二十三日の夕方、テレビ番組に妹のところの卒園式が映った。つい先日の大災害を目の当たりにしたとは思えないほど、明るく、のびのびとあのうたをうたっている。それを見守るお母さんたちの涙に私も溢れるものを感じた。最後に、妹の園長として子どもたちに贈る心からの励ましの言葉があった。

「はじめの一歩」の歌詞にある、〝ゆうきをもって　あるきだせ〟と、テレビの画面を見ながら私からもエールを贈った。

〔平成23年5月〕

「ひっつみ」で歓待

さくらの散り始めた穏やかな日、我が家の居間には今、一番会いたかった人を迎えていた。それは奇跡のように、あの大震災の被害を免れた妹なのだが、「姉さんと話をしていると、どうしてこんなに涙が出てくるのだろう」という。私の目からみても、心身ともに癒えるのには、まだまだ時間がかかりそうだ。妹にとってこの日は、仕事上の立場から解放された、ホッとするひとときのようだった。惨状を目の当たりに送っている日々の苦しさを聞いてあげる事しかできない。小さくなった肩をみながら、肉親や家を失った人たちの苦悩は、いかばかりかと思いを馳せた。

現地の避難場所での食事の様子など聞きながら、ふと小学生時代に体験した終戦と今回の災害は、重複した出来事のように錯覚した。会話のなかに、あの食料事情の厳しかった頃よく食べた「ひっつみ」の話が出てきたのも、そのせいかもしれない。

ところで郷土食の「ひっつみ」と「すいとん」は、どこが違うのであろう。我が家の「ひっつみ」は、サバのなまり節がダシの主役だった。小麦粉を耳たぶの柔らかさに捏ねたら一晩ねかせる。根菜の大根、人参、牛蒡など、サバ節で煮えたら醤油で調味する。

肝心なのは、一晩ねかせた団子の取り扱い方だ。あるいは技であろうか。左手にもっちりと載せて右の手で伸ばしながら味加減のできた鍋に落とす。うまく伸ばそうとしても、厚ぼったいまま、ぶつりと千切れてしまう。

ところが母の作る「ひっつみ」は薄くて、ひらひら透き通るように伸び、ダシのきいた鍋につぎつぎと、一定の形で落とされていく。口に入れると「ツルン」と咽喉元を通り過ぎていった。

「お母さんの『ひっつみ』は絶品だった」と妹がしみじみ言う。そうか、今度来た時には、母に負けない「ひっつみ」で歓待するからね、と妹を見送りながら思った。

〔平成23年7月〕

新緑の一泊旅行

若葉風の六月を迎えた。好きな季節が早足に通り過ぎないようにと願った。そこへ思いがけず新緑の西鉛温泉へ一泊旅行の招待を受けた。このたびの被災地に住む妹夫婦からのもので、災害以来のお礼のつもりだという。その心遣いも嬉しく甘えることにした。

西鉛温泉郷は、花巻市から西へ、山深く入ったところにある。清冽な豊沢川の渓流沿いに、古くからの温泉宿がポツリポツリと見えてきた。この先にも宿があるのだろうかと思わせるほど、奥深い小道の先にようやく目ざす、しょうしゃな温泉宿が見えてきた。

車から降りた途端、蝉時雨に不意を突かれた。世の中の移りかわりに、こちらが遅れをとっていたのだろうか。この山懐は、もうこんな季節を迎えていたのか。ふと数年前まで、足繁く野山を訪ね歩いたころの感触が蘇る。渓流から河鹿の鳴く声が聞こえる。ギイギイと、鳥が鳴いている。温泉の山間は、にぎやかな合唱に取り囲まれていた。渓流に沿って濃淡のみどりが重なり合う山々を背景に、淡い紫の藤の花が点描画のように見え隠れしていた。

心づくしの行きとどいた宿のおもてなしが伝わってくる。山菜料理のあれこれに舌鼓をうちながら、話は尽きないのだが、震災の痛手を目の当たりにした二人を前に、ただ話を聞くだけの術しか思いつかない自分を、もどかしく思った。

翌日、快晴のなか帰途に着いた。途中、小岩井農場にある「木の工房」に立ち寄った。二人の経営する園舎は、被害を免れたが、子どもを迎えに来たときなど、お母さんたちが座って話をしていた園庭のベンチが、どこかへ流れてしまったそうだ。戸外に置くのには、栗の木が丈夫などと、店主と熱心に品定めしている二人に、二度とあのような災いは来ませんようにと、青空に向かって祈っていた。

〔平成23年8月〕

春を待つ

この住宅地も高齢化が進み、私のような老人の姿が目立つようになってきている。近隣には、それぞれ機能の異なる老人ホームが数カ所に建ち始めた。先日、地域の集りで、そのホームのことが話題になった。賢明な人たちは現実問題として受け入れ、自分で判断できるうちにホームを見学しているとのことだった。

しかし待機している人が多いうえ、受け入れ体制も、こちらの希望とは違い、思い通りにはいかないようだと嘆いていた。

いくら陽気な性分でも、そのような話を耳にすると少し動揺する。

今朝の明るい日射しに誘われて子犬のピッピと外に出た。この冬、降り続いた根雪はまだまだ堅い。滑り止めを貼り付けた雪靴は重いが、青春盛りの「ビッピ」の手綱に引かれながら思いのまま自分なりに行動できる。多少、体の不具合を感じているけれども十分幸せと思う。

雑木林に囲まれた周囲二キロメートルほどの公園に向かった。公園の傍にあったテニスコートの跡地に木の香も新しい、小ぢんまりとした平屋の老人ホームが建っている。林の静けさがホームを包む。さり気なく玄関の奥を見ると、やわらかな黄色電球の灯が食堂らしい空間に広がる。「もしもお世話になるなら、こんなところもいいなあ」と単純に思った。

クヌギやナラの緩やかな雑木林に雪間が模様を描いて雪解けも間近かと思わせてくれた。林に隣接するホームの裏側から細い道を回り、公園へ下りた。この辺りはまだまだ雪野原だ。広場にある池の排水口が烈しい音をたてる。「早くこの雪を解かして子どもたちの遊ぶ姿を待ってるよ」と呼びかけるように聞こえる。

裸の枝に思いおもいの雪を載せ、雑木林を透かして建つ丘の家は、冬景色の水墨画だ。公園に沿って赤松林を右手に登る。松の枝の粉雪を散らして雀が二、三羽飛び立った。林の奥へ細道の跡があるけれども、かつては獣道だったろうか。

森閑とした坂道を下りながら、すぐそこに春が来ている予感がする。胸のうちに躍動感が漲ってくる。まだこのような思いが残っていたことを嬉しく思った。

私がお世話になっている「文学に親しむ会」の会員の方々も気丈に生活している。果敢に世の中の出来事に関心を抱いているからか、それとも常に読んだり書いたりしている為か、一人ひとりのお顔が目に浮かぶ。

帰宅して、玄関の鍵を開けながら、ふと空を仰ぐと、白く細い月が中天にかかっていた。

老後の住み家のことは、私一人の心の中に空回りとなってしまったようだ。

〔平成24年3月〕

明子さんの理髪店

ある会で明子さんと再会したのは、ごく最近だ。私がまだ小学生のころ、同じ村に少し足の不自由な女性が暮していた。もともと賢い家筋の人だったが、道で会うとやさしく話しかけてくれた。その娘さんが明子さん。お母さんに手を引かれて、私の家の前を通っていた。小さい身体をいっぱい使って嬉しさ、また反対に何が気に入らないのか、お母さんに大きな声で泣きながら訴える。お母さんは、いつも優しく、たしなめる。

その親子が盛岡に転居した事を知って、何故か無性に淋しい思いを抱いた記憶がある。特別に親しかったというわけではなかったのだが、当時、祖母と二人っきりの生活をしていた私の目に、明子さん親子が羨ましく映ったのかもしれない。

それが一昨年、思いがけず、あのころと同じ小柄な身体で元気いっぱいの彼女と再会することができた。昔のように快活に話をする明子さんを見て、人は何年経っても変わるものではないと改めて思った。それにプラスして、人を思いやる繊細な心がにじみ出ている。これはやはり、あのお母さんのお人柄を受け継いだものかなぁと、おぼろげながら当時の様子が、田舎のひなびた匂いとともに目に浮かんでくる。

明子さんは、長い間、盛岡で理髪店を営んできた。その店は、いま流行のモダンな設備にほど遠い、昭和の面影を満載して、壁一面に蒸気機関車の写真を掲げている。それとなく観察していると、客は自分で湯呑みを取り出し、勝手にお茶を飲む。皆、長年の馴染み客らしく見えた。やっと私の番が回ってきた。

理髪店で顔を剃るのは本当に久し振り。明子さんと再会したとき、「ぜひ来て、お化粧ののりが違うから」と勧められていた。

明子さんの小さい手に握られた剃刀の刃が肌にあてられているのか、どうか、分からないほど、かすかな剃り音がリズミカルに聞こえてくる。快活な笑い声の人とは思えないほど、優しく肌に触れる小さな指を感じながら、こうして長い間、お客さんに喜ばれてきたであろう彼女に、改めて尊敬の思いがわいてきた。

帰宅して、鏡に映した。さすがに長年のプロが調えてくれた眉毛は、すっきりしている。明子さんの思いやりが伝わってきた。

再会できた嬉しさを改めて感じた。

〔平成24年5月〕

東北六魂祭

爽やかな五月晴れの続いた日、「東日本大震災からの復興と犠牲者を追悼する東北六魂祭」が、二日間にわたって盛岡市の官庁街で開催された。

今日も昨日と同様に十二、三万の人出なそうだ。初日に見物した家族の勧めもあって早めに家を出た。途中、コンビニに寄った。家に御飯があったのにと、少し後ろめたさを覚えながらおにぎりと飲みものを買った。あとは良い場所を確保するだけだ。会場になっている官庁街へ急いだ。

パレードの始まるまで時間がある。若いボランティアの人に従って席を探した。県庁の真向い辺りの木陰に陣取ることができた。家を出がけに水筒だ、やれおにぎりだ、と用意していたならこんないい場所には座れなかっただろう。

会場となる広い官庁街の通りは、いつの間にか人で溢れている。隣のゴザの敷物に、まるまるとした赤ちゃんが仰向けに寝かされていた。その瞳に栃の葉陰が揺れていた。

この辺りは時々通っている。官庁街の街路樹が、こんなに大木に育っていようとは気付かなかった。ボンヤリと長い年月を重ねてきたのだなあと思った。つまむのも心もとないような薄く小さな花びらが時折風に吹かれ散って来る。

いよいよ東北六県の代表的な祭りのパレードが始まった。青森のねぶた、仙台のスズメおどり、福島のわらじまつり、地元盛岡のさんさ太鼓や山車など、賑やかに通り過ぎる。

五月の澄みわたった青空に、舗道の両側から伸びて、ゆさゆさに重なり合うトチの若葉のみどり。その中空を秋田竿燈の棹の先が右に左に撓《しな》っている。歓声と拍手の嵐の中で、復興と犠牲者を追悼する「六魂祭」に参加した人達の見事な技に、観客の一人として、「ありがとう」と呟いていた。祈りと感謝の気持ちである。

〔平成24年7月〕

瑞々しい大根

これまで見たことがない、大人の太ももぐらいもある、なが〜い大根をいただいた。大根漬けのレシピによると、大根が五、六本で10kgとある。ためしに体重計にのせてみると、なんと一本で5kgもあるではないか。

我が家の俎板では手合わせが出来ない見事な大根の首に、思いっきり包丁を入れた。スが通っていないかしら、との心配も杞憂にすぎなかった。芯の真ん中までたっぷり水分を含んだ木目細やかな繊維が瑞々しい。何にして食べようか、心弾んだひと時だった。

おでんや即席漬け、サラダにしても使いきれない。骨付き鶏肉と昆布でじっくり煮込んだら、口の中でトロリと溶けた。

この大根を作ったのは、松尾村に住んでいる加藤さん御夫妻である。二十年ほど前、きれいな水と空気を求め、東京から遠縁の住むこの地に居を移された。

きっかけは子どもさんのアトピーだった。名水の村で、きれいな水と空気をたっぷり取り込みながら暮らしたのが良かったのか、アトピーは足元から薄紙をはがすように完治していった。

「食べ物の良し悪しを決めるのは、すべて水に関わる」と、加藤さんはおっしゃる。「良い水を摂ることの大切さを身をもって知った」とも。

お住まいは、目の前に畑や田んぼ、その先に岩手山が見える。かつて、日中でも通る人はいない。都会生活をしてきたお二人は心細かった。お子さんの病気をきっかけに、食の安全と土壌の関わりを研究している加藤家に今は、県内外からも見学者や来客が絶えないそうだ。

この水でながーい大根を育てた加藤家にあやかり、私も松尾村の水を飲んで元気に過ごそうと思っている。

〔平成24年10月〕

山荘のみぞれ

寒い朝だけれど、故郷の八幡平市山麓にある学習館で行われるリース作りに参加しようと家を出た。

頂上付近が雲に隠れた岩手山を真向いに、学習館の山荘に続く道は、一、三台の車とすれ違っただけだ。金茶色の落葉松の落ち葉が道の両端を敷き詰めている。楢や楓の葉はほぼ散ってしまい、取り残されたわずかな葉も木の枝に宙吊りして震えている。

秋の始まりは、駆け足の季節の移ろいに思い屈する時もあったが、気づかないうちに覚悟が出来たのか、今はしっかりと冬に向かう気配を受け入れている。何回訪れても故郷の道は心安らぐ。

しばらくこの一本道を走ると「上坊《うわんぼう》牧野」という道標が見える。子どものころ、よく遠足にきた場所だ。花の終わった「おきな草」の長い毛を、むしってはキュッと握りしめ、鞠のようにまるめては、投げ合って遊んだ。

上坊牧野を右折すると八幡平から右に前森山が連なり、その麓に西根盆地が広がる。

いつの間にか、大地を跨ぐように大きな虹が架かっている。山荘に着くころには、すっきり晴れてくるだろうと思ったが、山の麓のこと、目的地に着いたときは、みぞれまじりの雨が辺りを叩きつけるように降りしぶいていた。

山荘の玄関を入ると、ヒバの香りが運転の疲れをほぐしてくれた。

リースは平和を象徴するそうだ。アケビの蔓の輪っかに松ボックリやドングリ、乾燥したウバユリ、赤い実のガマズミを付ける。魔除けになるという赤唐辛子以外は、この山の恵みだ。素朴さに気持ちが和む。ネジの緩んだオルゴールの音が、思い出したように「コロン」、リースに実を付けたころにまた「コロン」、作業台に並んだリースは材料が同じでもバラエティーに富んでいる。もうすぐ厳しい冬、春を迎えるまで暫くこの山荘とお別れ。

いつの間にか、小雪がちらついて来た。〔平成24年11月　岩手日報「せん茶番茶」〕

小鳥の巣

さほど背の高くない花ミズキの枝に四十雀の巣が残っていた。居間の窓辺近くにある木だが、秋も終わりを告げ、葉が落ち始めて気付くとは本当に迂闊だった。

大人の拳ぐらいの巣は、二股に分かれた細い枝元に支えられている。今にも落ちてしまいそうで危なっかしい。

小鳥の家は今風だ。細く千切ったビニールの切れ端も利用している。親鳥は緻密な巣を作るのに、幾度行ったり来たりを繰り返したことだろう。木の葉はみな散ってしまった。

やがて冬が訪れ、巣はこんもりと雪を載せていた。年を越し、厳寒の冬も無事に切り抜けた。四月中旬の大風にも耐えることができた。

再び、この巣で卵を産むかも知れない。今度こそ、しっかり見届けてあげるからね。

小鳥の囀《さえず》り始めた五月になったある日、花ミズキの傍らに空《から》の巣が逆さまに、ポトリと落ちているではないか。ビニールの切れ端が枝先に絡んでいる。細かく千切った枯草とビニール紐で編んだ巣のぬくもりが両手に伝わってくる。

布団のつもりなのか、窪みに乾いた木の葉が二、三枚収まっている。

このまま捨てる気持ちになれなかった。取り敢えず壊れないよう、手近にあった空き箱にそっと入れておいた。

〔平成25年6月〕

私を紹介します

祖母に背負われた私をあやす近所のおばさんに、「おばあさんっ子は三文安いの」と自分で言ったそうだ。いつも囲りの人に言われていたからだろう。後年、大人たちの語り草になって、冷やかされたものだ。陽だまりの田舎道でねんねこから顔を出し、可愛がってくれたおばさんに、そんなことを言った記憶が残っている。

長じて「三文安い」なるほど‼　と納得するしかない私。

学校のお習字では、墨をあちらこちらに飛ばし、書いた字は様になっていない。図画工作にいたっては不器用極りない出来に先生を苦笑させた。放課後の掃除時間は最もみじめだった。当時の子どもは皆、家の手伝いをした。長い廊下の雑巾さばきは見事だった。真似ても何の役にも立たない。

私は祖母に甘やかされ放題、お手玉、おはじき遊び、運動神経もさっぱり駄目、書いた字を見るのは、最も恥ずかしい。

長じて、わたし自身が子育てをすまし、娘の家族と京都を旅したときのことだ。駅前にある京都タワーに手相を見る器具があった。余計な不安を抱きたくないから占いはなるべく避けるようにしているが、普段の生活から解放された旅先だ。娘に促がされるままその器具に手をかざした。

「全般に不器用」は的中した。だが努力家で何事も一生けん命だという内容だった。

娘は、「その通り、当たっている」としきりに頷いた。

長い間生活を共にした娘の呟いた言葉は、生活全般の不器用さにこだわっていた私を救ってくれた。

私はこれで良かったと安堵したものだった。

〔平成25年9月〕

白鳥の旅立ち

晩春の暖かい風が流れる公園を子犬と散歩を楽しんでいた。

後方から「カオカオ」と白鳥の鳴く声がする。振り返ると赤松林の裏から一群の白鳥が飛んでくる。北上川の橋から目を楽しませてくれた白鳥たちの旅立ちなのだろう。遙かシベリアまで無事に帰って、と祈りながら家路についた。

途中、プードルの大ちゃんを連れた北山さんと出会った。我が家のピッピーは、おっとりとした兄貴分の大ちゃんがお気に入り。この子たちの仕草に癒されている時、再び白鳥のお通りだ。一辺が二十羽ぐらいでV字型の編隊を組み、次から次へと中空に現れては北の方角へ姿を消して行く。

盛岡近辺の白鳥の休息地では、これほど多く見たことがない。きっとお隣の宮城県にある日本有数の飛来地、伊豆沼からの北帰行ではないかと勝手に想像した。

北山さんによると、V字に並んだ中心の一羽がリーダー格で、両端の最後尾を飛ぶ二羽と共に、傷ついたり弱ったりした白鳥を見守りながら帰って行くそうだ。

その日は一日中快晴だった。夕食後にまた空を仰いだ。また白鳥の一群が飛んで行く。昼に聞いた声より、ずっと小さい。

銀粉をまぶしたようにキラキラしながら夕日の岩手山方向に消えていった。

〔平成25年10月〕

夕日

夕方の五時、思いっきり体を動かした爽快さを噛みしめながらプールをあとにした。帰り道にある緩やかな峠の頂きにさしかかると、岩手山の西側に夕日が傾きかけていた。空はどんよりとしている。なのに太陽の周りの雲は、薄墨色の液体に紅色の差し水を滴らしたように、ほのかな彩りを漂わせていた。

しばらく車を止めてその光景に見とれていたが、ふと思いついて急いでアクセルを踏んだ。

朝な夕な散歩する公園から見える雑木林の崖の上に建つ家の佇まいに惹かれる。いつのころからか、この辺りの眺望を「ユトリロの丘」と自分だけで呼んでいる。春の芽吹きを透かして眺めるのも良いが、裸木の枝々に白い雪を載せ、その向こうに見える家並は、フランスの画家モーリス・ユトリロの教会のある風景画を彷彿とさせる。

ユトリロは、自分の信仰のあかしとして、由緒ある大きな教会より質素な教会や家を好んで描いた。雪が好きで、画面の中に勝手に雪を降らせてしまったこともあったという。足元の雪のきしむ音が聞こえるような静けさのなかに埋もれた人家や煙突が描かれてある。

プールの帰りに岩手山の傍に見た夕日の、私の「ユトリロの丘」の一隅に沈む瞬間を想像したのだった。

私の予想は適中した。公園にたどり着いたときのお日さまは、裸の雑木林の枝々を透かして、まだまだ健在に、まんまるい姿で私を待っていてくれた。ありふれた自然現象に過ぎないが、誰かと群れなくても、ひとりこの上ない幸せを思った。

夕日は、やがて丘の陰に姿を消した。

〔平成25年11月〕

何となく（山寺にて）

ようやく彩りを保っていた木の葉が、今朝の風と寒さで散ってしまった。両手に余るほどの大ぶりなカップを手にしながら、この秋訪れた山形の「山寺」を偲んでいる。

山門をくぐると、最上部に建つ奥の院までは1015段の石段が続いているそうだ。杉並木に覆われた坂を上ると、辺り一面、静寂な雰囲気に包まれていると想像したが、休日でもないのに大勢の観光客が列をなしていた。杖をついて石段を登っている人もいた。信心深い人なんだと感心したり心配したり。

当の私は、だんだん途中にある名所、旧跡も目に入らないほど、へとへとになっていた。道中のバスの中での会話では「年よりの冷や水にならないよう、山寺の石段登りは止す」という大方の意見だった。

私は、折角の山寺詣りの旅、登らなくては、と胸の内に覚悟したつもりだった。が、あともう少しで山寺随一の展望台がある五大堂をすぐそこに見上げながら「もうこれでおしまい」と石段を下り始めた。

バスの中で、坂登りは止すと言っていた人たちが「もう少しだから登ってきてー」と声援を送ってくれたが、なんとなく、これぐらいで充分頂上を極めた気分になった。

みんなより一足先に辿り着いた集合場所で、ふと目に止まった「山寺焼」の看板、旅の記念に大ぶりのカップを買い求めた。

円みを帯びた飲み口の傍に、どんぐりのような持ち手が一つ付いている。両手に、やや余る器のくぼみからお茶の温もりが伝わってくる。ほんのり青みがかった乳白色の焼物は、カップなのか、それとも「なんとなく」花器にも見える。

山形名物の「ゆべし」も、ほんのり甘く、確たる生活信条もない私に似合う味だと思う。

〔平成25年11月〕

日本海に沈む夕日

かけがえのない幼馴染みの三人で、日本海の夕日が見たいと旅をした。

半ば姉妹のように育った三人は、1935年2月、2日おきに小さな村の町組と呼ばれる通りに出生した。なかでも奥手の私は、何かとこの二人をたよりにした。

五能線沿いにある「不老不死温泉」は、海岸のすぐ傍にあった。宿に着いたときは、まだまだ日没には時間があるとのこと、ロビーの揺り椅子に腰かけて三人は日常から解放され、思いっきり話に花を咲かせた。

しばらくすると、宿の主の「お客さんたち、夕日を見に来たんでしょ。間もなく沈んでしまいますよ」との声に私たちは慌てた。

裏庭からサンダルを引っかけ、海辺に走った。

水平線上の大きな夕日が間もなく落ちようとしている。「ちょっと待って、そんなに急いで沈まなくてもいいのに」海の底から誰かの手で引っ張っているのか、と思うほど夕日は呆気なく姿を晦《くら》ました。

何の目的で、ここに宿をとったのか、波の打ち寄せる岩場で似たような陽気な性分の持ち主、三人は残照の煌めく波をしばらく見つめた。

「ちょっとこっちを見て」との声に振り返ると、宿の主人がカメラのシャッターを切ってくれた。気落ちしている私たちを慰めてくれたのかも知れない。逆光のためか、三人の顔は真っ黒け、目だけがポッチリ白い。「なんだかミッキーマウスが三匹、寄り添っているみたい」と笑い転げた。

あれから十数年経っているが、その一人が病を得て病院のある施設に入っている。残念なことに今は、回復する薬が無いそうだ。笑顔のやさしい頭の良い人だった。「ミッちゃん」と澄んだ声で呼んでくれた。

もうほとんど記憶はうすれてしまったようだけれども、今度会いに行ったならば、三人で見た残照のことなど話してみようかと思っている。

〔平成26年3月〕

旅立ちの春

札幌で暮らす娘の家では、長男が昨年、次男が今年と東京の大学に進学した。孫たちの様子を一度見たいと、娘について東京に行って来た。

旅立ちの四月とは言うけれども、電車内で私と並んで吊り革を手に、いつものように穏やかな顔で窓外に流れる景色を見ている娘の胸中を察した。

借りたばかりのアパートの小さな部屋で、孫二人、娘、私の四人で三日間生活を共にした。

娘は孫たちに味噌汁、玉子焼きなど簡単な朝食を用意、食事が済むと後片付けと都会暮らしに必要な最低限度の知恵を教えていた。

一段落すると孫たちは「スマホ」を手にする。私も少し興味をひかれることもあって、何を見ているのか気になる。簡単に情報や知識が手に入るのはいいけれども、それだけに忘れるのも早いのだろうと思うと、わけもなく孫たちのこれからが心配になる。それを察したのか、娘に「今は誰だって使っているのだもの、いいんじゃないの」と言われてしまった。

翌日は大学を案内してもらった。日曜日と雨模様が重なった為か、電車は空いていた。がらんとしている優先席に座っているのは私一人だけだ。「あんたたちも座ったら」と言ったが、三人は傍に立ったままだ。

電車を降りるとき娘は私に「息子たちには優先席には座らないようにと言ってあるのよ」と耳うちした。

その一言で私は、この数日間の「もやもや」が霧が晴れるように消えていった。

大学の広場は、新入生へのサークル活動の誘いなどで若者たちの元気な声で溢れていた。反面、校舎内の図書館では静寂な雰囲気の中に本を広げる学生たち。このような環境で学べる孫たちは幸せである。再び、くぐる事は無いであろう、歳月に苔むした石柱の門をあとにした。

〔平成26年4月〕

ガンジス川

一周135メートル、水深1メートルの流水プールに身を委ねている。ガラス張りの壁面を透かして、こぼれる日の光がプールの水に反射している。細いダイヤの粒のように煌めている。私は今、この二カ月間余りの胸につかえたものが払拭され、このプールに来ている。

昨年の暮近く、いつも通院している眼科で眼球に炎症があるからと精密検査をした。その結果、私は聞いたこともない病名を告げられた。暗がりの検査室で医師は、「肺にリンパ液が漏れる病気」と言った。県立病院で診察を受けるようにと、紹介状を出してくれた。

レントゲンの撮影、CTスキャン、その結果診察と、二カ月余りの日数を要した。幸い今の時点では、心配した病気の症状は見当たらないとのこと、私は胸を撫でおろした。

何を聞いても見ても、心に重石をのせたような二カ月間余りの日々だった。ソチオリンピックの話題でもちきりのテレビ番組の間にふと、目にとまった映像、それはインドの大地を流れるガンジス川だった。ゆったりと流れる大河に夕日が落ちようとしている。老弱男女が今日一日の疲れた体を川につかって洗い流している。そこから、いくらも離れていない大河の川べりでは、死者を葬る火炎があがっている。多勢の人達がその回りで祈りをささげている。

川の中で気持ち良さそうに、楽しそうに体を洗っている人達と、火炎と、それを取り囲む人々が少しも違和感を覚えることなく、さらりと映像に写し出された。

人はいつか消え、また新しい生命が躍動する。自然の摂理を日常の生活で、心身に浸透させているこの人々に癒されたのだった。

然し、私はまだ病気をしたくない。だいたい家族も私のことを「健康そのもののおばあちゃん」と思っている。そして大切な役割りがある。家族や、何より自分のために欠かせない湧き水を汲みに行くことや、食事作りが楽しいのだ。
心機一転、春はそこ迄来ているのだもの。

〔平成26年4月〕

童話集

ＮＨＫ連続テレビ小説「花子とアン」を毎朝見ているためか、昔ひそかに抱いた童話集への思いがよみがえる。

私が育った旧岩手郡田頭村の通りは、盛岡から続く鹿角街道の宿場として栄えたところと聞いている。

家の筋向かいにある、よろず屋の嘉吉《かきち》さんは明治生まれの一徹なあるじだった。

当時の穴っこの開いた銅銭をもらうと、あめを買いに走ったものだ。「もっす」とあいさつしながら店に入る。おそらく「申す、ごめんください」という意味の方言なのだろう。

背が高く、肩を少しすぼめた嘉吉さんが売ってくれるあめを手にしながら、明らかに売り物でないと分かるガラスの窓をはめた本棚をチラッとのぞき見る。

嘉吉さんの一人息子さんは村の秀才で、盛岡の学校に行っていると聞いた。本はその息子さんが買ってもらったものに違いない。

私を育ててくれた祖母は読み書きはできなかったが、毎晩昔語りを聞かせてくれた。繰り返し同じ語りでも飽きなかった。だが本のある環境ではない。ある日、あめ玉を買いに行くと、珍しく嘉吉さんのあねさん（奥さん）が応待してくれた。私はおそるおそる、本棚にある一冊を貸してほしいと言ってみた。あねさんは快く了解してくれた。

上がりがまちにゲタを脱ぎ、本棚の前に立った。心が躍った。グリム童話集、アンデルセン、日本のおとぎ話全集など、背表紙も鮮やかにぎっしりと並んでいた。一冊借りて帰り、夢中で読んだ。

立派な本の装丁の感触は、今も覚えている。

「大きくなったら私も思う存分、童話の本を買って読もう」とあの時は思ったものだが、成長するにつれ読書の好みも変わって、あのころ夢見たほど童話に触れていない。
「花子とアン」に触発されて、再び童話に親しんでみようか、と思っている。
〔平成26年7月　岩手日報「せん茶番茶」〕

老年になって知った喜び

思い出せば、私はこのドアを開いたのが運の始まりだった。「老人福祉センター」のロビーに「文学に親しむ会」と書いてある案内板が目にとまり、そのまま教室に入っていった。学びたかったのはこういうところだった、と思いを新たにしたのは十年前のことである。

家の生業の事情から、長女である私は幼いうちから祖母に預けられた。私だけが親から離されたという僻《ひが》みのようなものを成人するまで持っていた。実家に残っている写真には、他の兄弟の生き生きとした子どもらしい顔が並んでいる。当の私は遠慮がちに、見るからに私はよそものというようなかおつきで写っている。

しかし、私は両親から大切な宝物をもらっていたのだ。開戦前の数年間、祖母との二人ぐらしの私に小さな雑誌が毎月送られてきた。残念なことに書名の記憶は無いが、子どもたちの作文集であった。配達されてくるのが待ち遠しく、その作文集は幼心をこよなく慰めてくれた。それは他でもない父が祖母との淋しいくらしを思いやって私に送ってくれた賜り物だった。

「文学に親しむ会」に、ご縁をいただいたことにより、何か書いてみたいと思い始めた。勿論、先生の勧めがあったからこそだが、小さい頃読んだ作文集の記憶が源泉であったと思う。

教室では古典の、枕草子、徒然草、奥の細道、現在は平家物語に入った。その他新聞のコラム、季節の短歌、俳句と、先生手作りの教本により学習してきた。

老年になってからだが、学ぶ喜びを知ったのは、幼児期に接したあの小さな作文集に違いない。

生前の父に何かと逆らっていた私だったが、何を今更言うかと、あの世で笑っているかも知れない。

〔平成26年9月〕

「勝負《しょんぶ》つけたなあ」

私の田舎では、思いもよらない、いいことがあると「勝負《しょんぶ》つけたなあ」と喜んでくれる。

私が六十歳になった年だったが、帰省中の娘に促され、国道沿いにある喫茶店に入った。ガラス戸越しに自動車学校が見える。私には縁がないところと思いながら、お茶を楽しんでいた。娘が不意に

「お母さん、あの教習所に行って入学案内書を貰ってきて」

と言った。私は今更運転など習う気はない。

「そんなの貰ってきてどうするの」

「いいから、ちょっと行って貰ってきて」

娘は言い出したら引き下がらない性分だ。私は、しぶしぶ立ち上がった。

教習所のロビーには、様々な年代の男女がたくさんいた。でも私ぐらいの

年輩の人は見えない。

娘がこの教習所の見える喫茶店に私を誘った魂胆に気づいた。

「お父さんの運転は危なっかしい。むしろお母さんの方が安心な運転をするだろうから免許を取って」

「そんな事言ったってこの年だもの」

と言い返したものの、確かに主人の病気は進行して、視力も大分衰えてきた。そろそろ、車を返上したらしたでバスを利用すればいいのだからと思っていた。

「絶対、お母さんだったら大丈夫、太鼓判を押すよ」

という、娘の強い後押しで私はその気になってしまった。慎重派の息子には絶対、気付かれないようにしよう。

五カ月ほど要して念願の免許を取得した。半分は渋っていた夫だったが、天にも昇る気持ちのようだった。

「勝負《しょんぶ》つけたなあ」

「勝負つけたなぁ」

と喜んでくれた。いまだかつて褒められたことがないのに誰彼に自慢していた。

娘は娘で、自分が言い出した責任を感じるのか、私が、事故を起こした夢を見たと言って札幌から電話が、たびたびあった。

夫の病院通いに一年ほど、私の運転も役にたった。仮免許の練習中は、助手席に同乗してアドバイスをしてくれた。右折するときなど大声で注意された。その同じ道を走るときいつも思い出し慎重になる。温泉にも行ったりしたが、もう少し長く夫の役に立ちたかったと思いながら、家族みんなの協力で得た車の運転は、より一層気をつけなければと思っている。

〔平成26年11月〕

あとがき

ささやかながらも自分の書いたものを出版するなどとは、夢にも思っていなかったことです。

文を書き始めたきっかけは、はじめに述べましたが十年ほど前、岩手県歴史研究会が創設された折、同級生にさそわれての入会でした。

そこで知己を得たのがツーワンライフの細矢さん。そして長い間、印刷会社で出版・編集の仕事をなさっていた宮田さんたちです。この方々とめぐり逢わなかったら、本を出版するなどあり得ない事でした。

また、長男の嫁が表紙絵、さし絵を担当してくれました。

ごく自然に川が流れ行くところに落ち着いたような気がいたします。

本当にありがとうございました。

〔著 者〕 岩 崎　道 子

昭和10年2月18日 旧岩手郡田頭村（現・八幡平市）生まれ
昭和28年3月　　　岩手県立平舘高等学校卒業
朝日カルチャーセンター通信文章教室普通コース終了
現在　同錬成コース継続中
盛岡市北松園老人福祉センター
飯坂弘高先生主宰「文学に親しむ会」会員

〔表紙・挿絵〕 岩 崎　豊 美
岩手大学教育学部特別教科教員養成課程（美術工芸）卒業

流れゆく日々

発　行	2015年3月1日
著　者	岩崎　道子
	〒020-0105 岩手県盛岡市北松園1-4-5
	☎019-662-4666
発行者	細矢　定雄
発行所	有限会社ツーワンライフ
	〒028-3621 紫波郡矢巾町広宮沢10-513-19
	☎019-681-8121　FAX.019-681-8120
印　刷	有限会社ツーワンライフ

万一、乱丁・落丁本がございましたら、
送料小社負担でお取り替えいたします。